JN122706

歌集「次は君だよ」

菊池　陽

〈目次〉

V

VI

I

次は君だよ

誰一人欠席のない教室に満開となる桜見ている

次々と「先生髪切ったね」と声かかる女生徒たちの挨拶らしい

子ねずみがカリカリ食むを思わせるテスト開始の十分間は

難聴の生徒はいつも目を見てる目で合図する次は君だよ

蹴上がりができずいる子の哀しき顔少年期なる我そこにおり

一点の曇りもなくとガラス拭く男子生徒の手がひく光

生徒みな下校のあとの教室は静かに呼吸整えている

模擬店の店長「蕎麦にはトッピングできますが」と言う慣れない勧め

縄文の火踊りを舞う若きらは燃え立つごとし赤き光に

刺股が標準装備になっている新築校舎も三年目に入る

俎板の凹み

七年の単身赴任を支え来し俎板の凹み撫でて労(ねぎら)う

翌朝の献立決めて米研いで単身赴任の今日を終えたり

初雪の積もる朝（あした）に入りし風呂輝く光を掬いつつ浴ぶ

休日にズボン四本洗濯す疲れた干物が並ぶ物干し

単身赴任の庭の小さな来訪者小猫のためにおかずを残す

帰省して読む一週間分の新聞は遠き昔の出来事のよう

シクラメンきっぱり咲いて待ち居りぬただそれだけで嬉しき帰宅

どの階か子の泣き声の聞こえ来て独り身の部屋に生気が通う

アパートの鉄扉は重き音立てて疲れた外界断ち切りくれる

次々と窓に灯ともるお向かいのアパート一人の我を慰む

一本桜の孤独

葉を落とし細き小枝のおじぎ草新年に生く小さき芽をつけ

花終えし一本桜を雨が打つまた一年の孤独を思う

散りぎわが美しいとは自分ではないから言えるのだよねえサクラ

岩手山背負いて立てる一本桜花終えし後を労う閑けさ

規格からはずれた小粒のラ・フランスそのボコボコはまだ負けぬ顔

曇天をはじき産直野菜たちトマトピーマン輝（て）りて夏呼ぶ

何処より集めて来たる輝きか曇天のもとりんご煌々

茸らはこの形また色をもて人の世界に恭順はせず

この町の光も風も

校舎裏産きのこ汁の誘いあり用務員室より職員室へ

緋メダカを小鉢に入れて飼っており生命に優しき仕事場なりき

いつもよりホイッスル少し長く吹く体育教師の最終授業は

下校時間生徒に告げて消灯し教室次々休ませていく

本日の行事予定板書する最後の仕事「離任式」と書く

「この町の光も風も好きだった」過去形にする転勤辞令

放送のチャイム「椰子の実」流れ来て「ふるさと」に代わる新任地の朝

中津川のほとりに大西民子の歌碑建つ

盛岡は幻にあらず待たなくていいこの「椅子」を民子に用意す

II

「おーい」「おーい」誰がいねが

「おーい」「おーい」誰がいねが缶蹴りの鬼この村さ帰ってきたぞお

旗取りの大将となり遊びける友は限界の村に逝きたり

田を起こす故郷の友が浮かび来る「金札米」の幟旅先に見て

ともに未来語りし友も五十過ぎ語るは過去過去現在過去過去

暗きより草刈る友は出穂を嬉しそうに語る農に生くれば

丸屋食堂あんかけうどんの椎茸の甘じょっぱさ恋し大寒の宵

この村に一軒のみの豆腐屋は「アリ」と「キツネ」の小旗で商う

都市再生地方消滅

「都市再生機構」の文書一枚が届きて裏手の林一つ消ゆ

吹雪く朝ツツピーツツピー微かにも聴けば今年もじきに春来る

水仙が咲いては一軒蒲公英が咲いては一軒造成地の春

森つぶし新興住宅広がりぬ鳥瞰図まさに共同墓地なり

郭公や雉が啼くのを抑え込みトラックの音夏を制する

ブルドーザーの音に囲まれ鳴く郭公追われるまでの時刻みおり

この街にわれは馴染まず不審者のまま防犯灯のセンサー浴びる

「ごみ捨て忘れないでね」

観客は妻ひとりだけの我が庭にチューリップパンジーと役者揃える

「端役だけど」とステージの予定知らせくる子の舞台見ん「はやて」予約す

「扶養親族無し」となる給与明細嬉しくも寂しくもある吾子の就職

夕食のたびに出てくる言葉なり「復元」「ビブス」ふんふんと聞く

エジプトの遺跡調査団に選ばれし妻から飛んでメールの届く

計量の制限いっぱいの鞄にて渡す予定のお守りは置く

エジプトへ旅立つ朝のホームでの言葉は「ごみ捨て忘れないでね」

凝る肩を妻はその手で揉みながらこの満月を見てるだろうか

いつまでもオニ役

寒紅をさしたるごとく頬を染め自転車の少女冬の朝行く

早朝の課外を受ける生徒らは髪風切らし階段駆ける

定年となる日の教師変わりなく今朝も声かけ生徒を迎う

あと二分教科書に辞書ポンと載せ出席簿チョーク出だしをどうする

「先生ネクタイ曲がってるよ」と女子高生もうお母さんの声で言うなり

女生徒の語らうホールには白梅の芽吹きを誘う光あふれて

「もういいか」「まだ」「もういいか」「まだですって」いつまでたっても教師はオニ役

「今でも夕陽が嫌いです」

０・３秒十数万の生と死に太線引いたデスノートあり

影だけでも残せた者は幸せだ死亡証明だせ原子爆弾（リトルボーイ）

『夏の花』に「動員女子学生が明るく話していた」とあり「明るく話していた」とあり

「私は今でも夕陽が嫌いです」当時少女の被曝者語る

体育の教師を目指す女子生徒偵子の夢を千羽鶴に折る

「死にたいなんて言っちゃだめだね」と女子高生小声で言ってる原爆資料館

ピースするカメラ向ければ一様に平和平和つくってもらった平和

旅行一景二景

海上を照らす夕陽は大鳥居つらぬき神の道をつくりぬ

公達が舞い愉しみし舞台横女子高生が朝練をする

行く先々おみくじ買っては確かめる願うこと多き子らうらやまし

※

最高気温三十八度の京都ならいみじいみじいみじい蝉時雨降る

※

「頑張るべ」「気つけで」などを手で交わす青葉通りのバス運転士

※

Good　Morning ポーリッシュメイドの一言に霧のロンドンたちまち晴れる

観光客群れて賑わう倫敦塔石壁のみが憂鬱をもつ

Ⅲ

少女撃たれぬ

冷蔵庫開けると「元気？」と声を出すペンギンに今朝も励まされている

朝一番ラジオに聞く曲口ずさみ今日も教室というリングへ向かう

「授業中寝るな」と言うと「寝るような授業するな」と返されそうな

スカートの長い短いを注意するその日タリバンに少女撃たれぬ

「筒井筒」教えながらに「僕の髪～が」と歌ってもだれも知らない昭和

教員も平成生まれが入り来て「昭和時代」は近代史なり

すれ違う風に微かな煙草の香同僚も小さな主張を持てり

選ばれしもの

何もある１００円ショップは何もない自分を１００円色に染めゆく

縄文の村は団栗成らず消え我が村も今何にてか消えん

斜陽館に「選ばれしもの」の詞書き黒光りする板間の上に

土産物菓子の表紙に太宰いて「生まれて墨ませんべい」と頭を下げる

お隣にジャンジャン三味線記念館斜陽館はたまらず傾ぐ

蘇州運河

水郷の村は川辺で洗濯や米研ぎしてる景勝地蘇州

ポツンポツン蘇州運河に灯が点り太古より続く夕餉始まる

ビル群がライトアップされし黄浦江闇の部分はいっそう暗く

刺繍にて縫いおこされしダイアナ妃錦糸に頬を膨らませ笑む

地上１００階見下ろせば人全て蟻いや塵いや露となり消ゆ

「今年のエジプトは・・」

「今年のエジプトは暑そうだね」が話題となる調査隊員の妻とは

今年も待つ発掘作業のエジプトの人へ土産のTシャツ買う妻

カイロまで発掘調査に行きし妻メールが沙漠の風と届きぬ

カイロよりメールが届く新年をこれからカバーブでお祝いすると

どの写真にもエジプト女性の姿なし外には出ないこの文明や

梁川中学校還暦同級会

来し方の苦労話になりし時顔見せぬ友のその今案ず

肥後の守遣い仏像鉛筆に掘りしK君いま魚屋に

「変わらないな」何よりもまず先に言う還暦どうしの挨拶なれば

五十年前青年教師の担任も白髪となり写真に並ぶ

虐めっ子片想いの子誰もみな親の介護す還暦となり

六十年生き来しを祝い集まるも校舎は既に跡形もなく

金津流鹿踊り演(や)れぬ還暦の友ら老いたり祝いとはいえ

「家」新築

完成が大幅に遅れた功名は花に囲まれての新築祝

次つぎと鮮やかに図面引いていくこれにて家は妻の所属に

我が里はネットも地デジも届かない夜はしんしんしじまが届く

六十年かけて作りしツツジ園眺めて父は深呼吸する

夏の風立つ新築のテラスなり帰れば父母涼み待ちおり

故郷に家を建てたる夜に聞く蛙の声が我を迎える

揚げ雲雀井戸の枢(くるる)を鳴らしおり昭和の空は還ることなく

幸せのまま

母の脳ＣＴ画像は描き出す生きてる死んでる黒と白とで

担当の医師の説明明快に動脈アカ静脈アオ断線クロ引く

点滴の金の一粒一粒が母の体を光らせてゆく

「わかる」「はい」「では誰」「はい」とわからない母の目に涙がにじむ

やっと出た母の言葉を胸に入れ家に帰れば白百合咲きおり

これまでの想い出などは要りません母はニコニコ昼食を摂る

脳梗塞癒えて帰りし要介護5の母迎える父饒舌に

ぼけ防止と朝草取りをする父は日課に母の看病加う

義父義母の面倒をみるという大決断妻がしている息子ではなく

食べるたび「幸せです」と言っていた母はそのまま幸せのまま

春には春の秋には秋の風が吹く季節は巡り父母老いてゆく

IV

応えぬ恐怖

「マッチ箱」使ったこともない世代津波が流す車を例える

震度6強の実家に父母はいる呼び出し　十回応えぬ恐怖

町全て飲み込まれゆく映像は仮想(バーチャル)現実(リアル)の境を持たず

高台に登りて映すカメラには震える人が車が町が

20メートルＴＵＮＡＭＩは町になだれ込み文明の時計(はり)を千年戻す

一週間十日経っても黒怒濤津波が夢で呼吸を止める

人間の創造物は累々と山並つくる瓦礫という名の

建物に窓有らば人も有りけるを窓奪われて人も奪わる

解体を待つ建物に窓はなくその暗き枠に家族もありき

辛うじて立ちて残りし建物にねぎらいもなく赤色の×

薄暗く棚ガラガラのコンビニは酸素の薄き水槽に似て

「泣くために残されたなんて」

「てんでんこ」避難の極意を老い語るその時離した手を慰めん

一人だけ生き残った人が言う「泣くために残されたなんて」

ビデオレター「元気だよ」と言うその笑顔もう精一杯なんだよこれで

ゆっくりとウサギが湯に入る年賀状寄こしし教え子連絡とれず

繰り返し「体調管理気をつけて」毛布一枚灯油もなきに

隣とはベニヤ一枚天井はガムテープ貼りそれでも嬉しと

三日目にやっと食べたおにぎりの味を姪はもう忘れたと

仮設住宅に従妹見舞えば会う人は皆ご近所らし声かけられる

行方不明だから夫は帰り来る従妹は今日も確認に行く

三ヶ月一緒にいれば家族となり「行ってきます」も「ただいま」も言うと

空襲に遭いて生き来し老い笑みて「今はいい。助けあうもの。」と

震災がひき起こす思いは不思議なり今乗っている車をあげる

浅草の陶器店にて送り先「岩手県」と書けば被災労（いた）わる

心の被曝は

菜の花が放射能を消すという一面の黄が放つは「きぼう」

原発の放射能怖れ最南端の島まで行くという人を笑えず

原発が女子高生に「私は子どもを産めるのですか」と問わせる

一生の間検査を受けること心の被曝は測らるるなく

親子でも線量多い少ないがあること信じられないと母は

ボックスに被曝線量測らるる子は母を見て少し微笑む

女子生徒引率していて降り出した雨に「当たるな」声高に言う

コシアブラ天ぷらにして食べる時天の恵みに感謝していた

待っていたコゴミゼンマイコシアブラ線量などは測ってもみぬ

原発を認めるはみな過疎の村まず目の前の生選ぶゆえ

(雨雪よ［あめゆじゅ］　取り去ってしまってください［とてしまてけんじゃ］)はげしくも春の修羅にあうフクシマの熱を

「おう先生、生きていたっか」

エジプトの猫の守護神(バステト)凛々しくてすがりていたり地震の時に

その昔ノアの方舟考えし人は津波を予知した学者か

いつ天が　落ちてくるかを憂いたる杞の国の人を今は笑えず

「大丈夫」と避難遅れて亡くなりぬ人の自信を越える津波は

「おう先生、生きていたっか」「お前もな」元悪童も津波生き延ぶ

「津波により父母永眠しました」と喪中はがき来る教え子からの

津波にも立ちて残りし高田の松七万本分の命を生きる

一階は伽藍堂なり

一階は伽藍堂なり復興の支援者集む宝来館は

釜石の教え子の霊慰めん根浜海岸に「慰霊の鐘」建てぬ

カランカラン釜石根浜に鐘鳴らす不明の子らよ聞きて帰れと

釜石の元教員ら集まれば震災生き延びし戦友のごと

震災の語り部として立つおかみ岩崎昭子は我らの教え子

復旧が進めば復旧できぬこと明らかになる忘れることしか

「記念樹」となりて一本松立てり津波が命絶ちぬることの

一切が元祖とならん

鵜住居（うのすまい）駅に降りれば海見ゆるここ新任地に吹く風清し

駅5分4畳6畳台所桂荘に始むるアパート暮らし

すぐ裏の酒屋を「分校」と名付け本校終われば「分校」勤務

桂荘初の女性の来客は「わー汚ーい」と言いぬ　妻なり

初任の地　鵜住居既に駅もなくアパートもなく留めるものなく

一切が流されたから一切が元祖とならん移動スーパー

灯り、電話、調理、洗面、風呂、暖房オール無にしてオール電化は

思ったより頑張れるこれぞ想定外計画停電なく夏終わる

原発を必要とする　電力を必要とするその違いにまだ気づかない

震災と暑き夏とを越えて父今年最後と胡瓜を穫りぬ

盛岡より宮古の気温が低い朝仮設を思えり我が厨にて

ＴＶは希望語らす

世界から賞賛されし礼節はメディアができた支援の一つ

被災して来し子は『三陸大津波』今読むを悔ゆと感想文に

造成にすみか奪われ啼きし雉今日また地震にしきり啼きおり

新年のＴＶはどれも被災者にマイク突きつけ希望語らす

フッコウシエン・ガンバロウトウホク字数のせいか響き届かず

華道部が廊下に春の花を生け地震に傷つく校舎を癒す

十ヶ月経ちて被災の女子生徒ようやく顔が和らいできた

原発にふるさとの山失いし子を盛岡の山が迎えぬ

津波も揺れも闇夜も忘れ生徒らを一心にする受験勉強

「頑張ってね」ではない「頑張ってるね」だ「る」の一字で顔の明るむ

十和田から沖縄へ贈る雪拒むこれも震災引き裂く心

V

ボイラー室は白梅保育器

幾十年白梅を活ける卒業式今年も活ける震災あっても

卒業式に合わせて蕾の白梅を咲かせて活ける用務員さんの技

白梅が咲く卒業式を贈るためボイラー室は白梅保育器

「ひとのため学び生きよ」という式辞今年からは意味が加わる

幸せな経験一つしていれば絶望しないと卒業式に

校門よこ題「颯風」のブロンズ乙女そうばかりいかぬ女子高生は

贈られし花束ほとんど枯れてきてここまでとなる卒業式も

「先生」と泣かれて別れ「先生」と笑顔で呼ばれる三月四月

思いっきり泣いて別れを惜しむ子らその竜宮城はもう出る時に

男子はフニャーと第一声

生まれ出ずる男子はフニャーと第一声次の週にはフギャーと泣きぬ

男にはわからないわと嘆く妻好きで助けにならぬにあらず

娘婿付けたる名前「水都」なり出身は漁師町この子の母港

「水都」を「皆と」と読ませしわが娘夫婦チームの『ONE PIECE』世代

妻と娘の会話に我も加えらる胎児の性別おとこと判り

東京の子は何回も帰省する結婚したて彼を見せたく

大合唱のソリストとなり歌う吾子小さくも見え大きくも見え

「満月よ」妻からのLINE流れれば吾と子それぞれ「見てるよ」つなぐ

刺さる白プラスチック片

雪で潰し地震で壊し雨で浸し自然は自然に連れ戻さんとす

大津波猛暑豪雨という形容全ては人にとってのことで

大雨はキャベツを育て大時化はサンマ呼び来る大地震もまた

「地震でよぶっ壊（ぼっこ）されだじゃ」恨み言ようやく消える春の同級会

クフ王の骨さえついに勝てやせぬ永遠に刺さる白プラスチック片に

震災の後の酷寒越えて来しファンヒーター逝く春の陽の中

今はもう耕す者もなき畑解き放たれて乱るる菜の花

エアコンも扇風機もなしで生きてきた風を頼りにこの夏もまた

「我のごどを思え」と津軽の人は言うこの吹雪では一人は辛い

「伝わらない」悲しさと「伝わる」嬉しさがあってまた来る３・１１

生年月日言えば相手は顔上げるそう我が誕生日は３・１１

「見える程度」で抗戦

午前七時屋上集合それだけで楽し日食観測会は

先生、先生の手大きいねそう、だからみんなを助けられるの

「蛙（びっき）手で捕まえた」歌で農林の高校生は優勝つかむ

「膝小僧隠れる程度」の校則に「見える程度」で子らは抗戦

Tシャツの背に「ちはやふる」と書くクラス体育祭を次々勝ち抜く

弱そうな子も汗飛ばし駆けてゆく全員リレーの不思議な力

恋愛論課題に出せば女生徒らコトコトクツクツ沸いて書き出す

海賊の冒険漫画『ONE PIECE』被災の孤独を支え変えゆく

三陸にルフィはいるはず船を出せ『ONE PIECE』表紙は帆となる

生徒らがこぞって勧める『ONE PIECE』我にルフィは何も語らず

海賊のルフィが子らを奮わせる教師にあらず夢を説くのは

マンション九階ならば

震災は予知に限りがあることをそれが今にも来ること教え
地震予知不可能という識者ありせめてマンション九階ならばと

九階のベランダに立ち遙か見る動物園のキリンの目をして

揺れ続きばたばた買ったマンションに見ゆる地平線どこまでも静か

家とともにありしヒメシャラヤマボウシ花咲くを待たず今残し去る

妻選ぶ食器は家族

被災地の教材支援打ち切ると連絡入る寒の入りの朝

単身赴任決まりしあとに妻の選ぶ食器はどれも大事な家族

磨り減った畳のへりを撫でてやる単身赴任も七年になり

給料の話をする時妻は言う「声低くして」誰もいないのに

妻の耳にピアスが付きぬ東京へ行きし娘が付けて来しより

ケータイがなかった頃の平穏を懐かしく思う家に忘れて

将来の青写真問う生徒には再任用の我には問えず

内に留めた熱

この子らも「脱原発」は選ばぬか越えられぬほど高い見えない壁は

子が出来た娘に「脱原発候補に」と言えば「そんな暇ないよ」だと

少なくも反原発デモは続いてる今夕木枯らしまた冷たからん

原爆の死者七万の灯もありて長崎夜景は三大夜景に

妹を一人背に負い一人抱くその姉一人が助かりし由

その熱を内に留めて冷たかり溶けしガラス瓶泡立つ瓦

長崎の原爆写真不安げな顔を幼は永遠に残して

母親が抱きて庇いし子の背中そこだけ白く守られており

「じぇじぇじぇ」追悼

「じぇじぇじぇ」と「あまちゃん」の笑顔が惹きつける失いしものを我らに知らせ

こんな娘は都会にはいないない田舎にもいないないだからの朝ドラヒロイン

「じぇじぇじぇ」あちらこちらに飛び交ってホントの「じぇじぇじぇ」みえなくなった

方言を駆逐していくテレビから可笑しく哀しく「じぇじぇじぇ」流れる

「あまちゃん」も「じぇじぇじぇ」もドラマと消えていく木枯らしが吹く寒村残し

わずかなる肉と野菜を買う我を孤老とみてか店員やさし

太陽は経済強者にやさしくて野菜畑と年寄りに厳し

日本一の代用教員我も

先頭を飛ぶ白鳥の一鳴きは何言いおらん次々呼応す

クークーと白鳥渡る声がする離任の挨拶悩みし夜に

定年を祝う花束祝辞あれ悲しむ生徒の涙が勝る

定年となれば進路を考える生徒との違い先のあるなし

「将来の希望」バンバン書く子らにもう敵わない六十過ぎては

今年また人材センター登録し「また来年も」の一言を待つ

啄木が目指した日本一の代用教員我もと思うところであるが

就活をハローワークで始めれば送り出し来し子ら偲ばれる

闇にさらされ

光モレ音モレ禁止の高速バスそれぞれの 席（シート） 闇が包めり

だまされる被害にさらされ年寄りの家は呼び鈴押せど応えず

雛祭りケーキ予約に行く父子を吹雪に鎖ざす誰か羨み

※

卒業生へ連絡できない名簿なり出でてしまえば個個はここここ

※

やんや騒ぐ報道カメラは撮さない「荒れる成人式」の「にっぽん死ね」を

元記者へ攻撃煽る一方で止めてもみせるメディアは巧み

※

四十七年隔てて友と肩を組み今宵歌うは岡林「友よ」

この夜は明けることなし分からずに「夜明けは近い」と歌いあってた

VI

誰かの代わりに入ってる

入学式に出られなかった子のことを話す講師は被災地の校長

高校入試後に襲いし津波にて合格の子らに不明者の出て

入学の手続きをしに来た祖母は「きっと帰って来ると思うので」と

戻らない孫に代わりて呼名聞く祖母は三週遅れの式に

「入りたくても入れなかった子」の話入れた子に残る悲しみばかり

功徳のありや

生徒からの修学旅行のお土産の大仏耳かき居ます胸ポケ

「起立、お願いします」と言う声に胸の大仏「ちりん」と応える

その週の課題テストの平均点学年一位と功徳のありや

一年を過ごせしホームルームなり子らお別れと隅々まで拭く

友だちがかける魔法「がんばろ(^^)/」不登校生徒また来始める

つながりが薄くなってはいなかった友達みんな次々インフル

「どの子も伸びる」ではなく「どの子も伸ばす」我は教える職人として

テスト返す言わねばならぬ何時に増し「力をつけよ、殺されぬよう」

勘違いさせないためにストーカー敬語で距離とれと教養講座

尊敬語使えば相手を遠ざけるここで役に立つ古典教養

制服にあこがれ入り制服をくずしたがるこれ不易流行

モナリザの微笑

女子などに教育要らぬとマララを撃つイスラムの教えの教育なきゆえ

女子差別この暴風雨はすぐに来る出来ないままにしていちゃだめだ

役職は男がやると決まってる張りついた皮を女子校で剥ぐ

育休の赤ちゃん抱いて来た先生囲めばみんなママ友となる

子ども産めと言いつつ社会進出も女子高生たちこんなん無理無理

モナリザの眼は内を見る妊婦の眼なれば優しかりその微笑は

「永遠にゼロ」に

特攻を志願しない者いじめ抜く生を否定する源流ここに

苦しみて生き延びし者労らず戦さに死にし人のみ尊ぶ

プラモデル零戦作ってグラマンを撃ち落とす我の「永遠のゼロ」

自衛用攻撃用の弾薬の区別を付けよ髑髏(どくろ)シールで

戦争に命削られ父母は遺伝子辛くも我に繋ぎぬ

父母守り来し墓

今日もまた二人三人上がらずと炭坑の底より上がりし父は

命なら黒パン一つより軽しシベリア抑留を父生き延びぬ

四年なる抑留を経て帰る父アルミのスプーン一つを持ちて

空襲を生き延びし母は出逢いたりシベリア抑留生き延びし父と

父母が六十余年も守り来し墓はこれより入る家とて

戦争法ストップに集う十二万願いに墓の中から呼応す

「戦争はやってはだめだ」選挙にも母は再び行くと言いだす

空襲の業火くぐりて守りたる墓なればこその戦争反対

菊池家の墓に戦後入る者なしこれが平和というものならん

盆にまた新たに建ちし墓があり帰る処である過疎の村

限界の村落とはいえ墓参にはあと十年の賑わいあらん

腹一杯食べるが供養と語られる農に生き来し伯父の葬儀に

「花は咲く」大合唱の響き来る花は咲いても果てなき荒野

「煙草の害の害」

禁煙車流れるホームに喫煙室この水槽に泳ぐ者たち

吸う正義どこにもなしと見定めて閉塞社会はかくして殺す

「煙草の害」妻の注文そのままに演題とするチェーホフ巧み

チェーホフの「煙草の害」についてなら「煙草の害の害」を説きおり

煙草一本が決める場面もあるだろう太宰生前の一枚の写真

介護職に就きし教え子皆たばこ吸いおりその身癒さんがため

昔あったど「たばごどぎ」みんなして田んぼの畦さ座って息(やす)む

管理職「一服すっか」と声かけて一休みさせる昔あったど

農業する人みな長寿

並ぶ野菜太古の体が欲してる根元的な衝動買いする

昨年の倍の値段のキャベツにてそのパリパリを恋いて行き過ぐ

キャベツなら包丁立てずに食べるべき一枚一枚が夏を語りぬ

農業をする人長寿と大根が言ってることことおでんの中で

今年また麗しき春を迎えたる父母に祝いの野菜苗贈る

大根の種をシートで覆いやる父八十九手ぎわ鮮やか

金柑が夕食に出て父母の恐る恐るの冬も終わりぬ

畑に出て茗荷を摘みて寄こす母脳梗塞も癒えつつあらん

廃墟とは人の廃れた場所のこと草木は深く生気湛える

山頂に立ちて両腕広げれば鳥になってるＤＮＡあり

曇りなき空の下には光満ち我も光合成をしている

町おこしとて

五十年ぶりに蔵出る享保雛廃れた町の町おこしとて

享保雛かわいくないとの一言で蔵に入れば鼠が愛でる

享保雛だけでは無理な町おこし通りの客は我が家族のみ

東山・大原もある平泉名の無きものは地名にて追わる

ラジオから流れる「五番街のマリー」それから街に憧れた中三

ビートル追悼

お別れはいつも突然やってくるビートルの黄が靄にかすんで

カブト虫丸っこくかつ力持ち世界が好む共通項カワイイ

ドイツ気質ずしっと伝わる重いドア堅い護りは閉める音にも

黄の色が晴れやかな思い募らせるトラスズメバチもだからかだからだ

カーナビの付いた車を買いたればこんなところにこんなところが

ipad囲めば

白黒を近所みんなで見た昔今3Dを一人で見ている

昼休み時間になればLINEにて単身赴任弁当妻子に披露す

LINE上胎児が動く画像見て「活動写真か」と問う曾祖父は

「あーたん」とひ孫が話すipad囲めば四世代同居の気分

六十年一緒に暮らすは無理と説くＮＨＫラジオ若き論者は

西行の追善法要

西行の追善法要する僧らメガネが多し貫首からして

追善に居並ぶ僧侶十数人読経す西行の何供養する

※

不老薬一五〇〇年前不要と説く今の福祉論を既に超えたり

いい話いい文メモにただメモメモメモメモメモメモメモ残るはメモだけ

VII

マザーダックの歌

「避難指示。命を守る行動を。」家鴨に聞こえぬこのアナウンス

お母さんどうしてそんなに泣いてるの西の棟の子風邪を引いたと

四万羽いればそのうち二、三羽は殺すに惜しい眼をしていたさ

四万羽いればそのうち二、三羽はいのちの限り歌っていたさ

トリ肉は物としてあり物なれば死ということも無き家鴨たち

人はかくして自然に帰る

薄れいし津波と瓦礫の情景がまた現れる山津波として

ズタズタに切られ包帯巻かれいる岩泉町被害状況地図は

山一つ崩して襲う土石流対峙し歌う山内義廣

四千戸九千人の町孤立する自然が人を取り込んでいく

山村を未曾有の事態が襲う時また言うのだろう想定外と

思わずや深き山間せせらぎの施設の中にて溺死するとは

草を刈るわずかな人為も自然との境目守る命がかかる

大きくも小さくも寄す波により人はかくして自然に帰る

希望郷いわて国体

復興の「大義」があれば聖戦となり国体は今始まらんとす

「国体」の響き悪しくも全学校総動員に自ら応ず

国のため満蒙開拓義勇軍父もかくして自ら征きしか

式典係行進誘導班班長役目がきつく手足を縛る

「式典中直立不動で」と言う人は声まで「直立不動」になってる

草刈り機の刃

九十の父使い来し草刈り機鈍色の刃は主待ちおり

草刈り機刃は青き光帯ぶ琥珀混合油とくとく入れれば

十年を動かさず来た草刈り機琥珀の油うまそうに飲む

草刈り機高齢の親を起こすごと何度も何度も始動紐引く

草刈りを頼める人もいなくなり限界線がすぐそこに見ゆ

戦えぬ年寄り農地荒廃の前線に立たす寄せる草波

我が地区の一角に残る「田園」を妻は切り取り写真に収む

輝ける「田園風景」ＪＡのフォトコンテストにて特別賞受く

さらば白梅

退学を決めし子ありて「入って良かった」と最後の一言

卒業の子ら見送りし白梅が今日は我を送る満開にして

十年を超えて勤めし盛岡二高その白梅の香が染みついている

「ようさ〜ん」と振る手が次第に遠ざかる断ち切りぬべくアクセルを踏む

洗濯機炊飯器そして冷蔵庫単身生活支えし忠臣

洗濯機よ冷蔵庫よまだまだと言いたいだろうごめん我はまだまだ

在職時の肩書きなどは無くなりて再雇用でまた同僚となる

「これは？」「これは？」「これは？」

妹に「本読んでやるよ」と声かける三歳の兄まだ字の読めず

言葉得る即ち生きること示す一歳の子の「これは？」連発

一歳も十六歳も「できたね」に嬉しそうなり言葉の魔法

オレはここに生きると決めて若き父ギターを置いて我が子を抱きぬ

生れ出でし未遊は最初の遊（Play）として泣き声高く挙げてみせたり

a 12番

検診に引っかかったと伝えれば面倒見ないと妻の励まし

グラスファイバー映す大腸遥かなる火星のごときピンクの地表

入り来るカメラを見つけ我が腸は大きくうねり画面に迫る

深々とお辞儀をしてから始められ奥歯の奥は恥ずかしそうです

超音波　ＭＲＩ　ＣＴがもの言わぬ膵臓のつぶやき探す

「a12番」と呼ばれ製品化してゆく巨大な病人製造工場に

「息吸って」「そのまま止めて」「呼吸して」電子音声の指示の冷たさ

健康体無かった病名つけられて無かった病死へ導かれゆく

長生きもたいへんだ

「燃えるごみ出すことさえも苦に」なっていた父を知る短歌によりて

九十の父は水を飲まないでというその指示に大声でハイと

我が家の水は井戸水旨し水それを飲むなと長寿の水を

長生きもたいへんだなとむくむ足言われて父は苦笑いする

極寒のシベリア生き来し父にしてたいへんなことはもう無きものを

ほとんどが結婚もせずに戦友(とも)逝けりひとり残れる父の悲しみ

抑留のシベリアに命つなぎ来し一本のスプーン　主(あるじ)待ちおり

草取りを愉しみとせし父なれば足裏にタコ見ゆベッドにおれば

九十一%逝く

血圧40緊急ブザー知らせれば看護師は走る点滴持ちて

心臓に強心剤の鞭入れて血圧50 60支える

血圧が呼吸数が脈拍が線でつながれ命測らる

全臓器強くなければ残られぬ九十一歳の手術九十一%逝くと

シベリアの酷寒堪え来し体ゆえ心肺徐々に克ちに転ずる

執刀医「今日明日が山」と言うその「山」のただに低きを願い朝待つ

手術より四十日経て呼吸器の管はつなぎぬかそけき命を

人工肛門出てくる便は強烈に生きているぞと言い放ってる

九十の母は夫の耳元に「疲れたがすべ少し休まい」と

行くたびに微かに頬笑みありがとう言い眠る父日課のように

100　80　60と下がる血圧を留めるすべなく唇噛みしむ

家族皆来しこと耳に確かめて父は静かに呼吸を止める

一筋の涙をつうと落としけり父は安堵の表情のまま

ピーという音を合図に旅立てり九十二年の今この世から

遣うなら戦争以外人のため献体すると父言い遺す

献体という旅を選びてあと三年父はまだまだ死なないつもり

燭を吹いて消すごと一瞬に煙残して父は逝きけり

きっと平和だ

二種類のラーメン互いに食べ比べ頷きあってるカップルのあり

正月を箱根駅伝観て過ごし涙する日本きっと平和だ

先生の声裏返ればキャッキャと笑う生徒たちきっと平和だ

駅前は地球人の群れ一斉に黒グラス付け日食を見る

カラオケなら「君こそ命」と歌ってたそこに短歌の芽がありという

解説

―人間的であることの喜び―

米川千嘉子

何もある100円ショップは何もない自分を100円色に染めゆく

この一首で菊池陽さんと出会った。NHK全国短歌大会で特選に選んだ歌である。菊池さんはさまざまな文体でシャープに主題を届けることが巧みな作者で、この歌も「何もある100円ショップ」と「何もない自分」という表現をうまく使いながら、「ある」ことと「ない」ことについて、モノが溢れる〈豊かさ〉の中の人間の〈虚ろ〉について、現代の空気を巧みに表現しているのに感心した。表彰式でお会いした作者はしかし、鋭く批評的な作品よりもずっと温かな優しさを感じさせる方で、旧江刺市（現、奥州市）の出身で岩手日報入選の常連さんだと知って、いかにも、と納得したことだった。

子ねずみがカリカリ食むを思わせるテスト開始の十分間は

難聴の生徒はいつも目を見てる目で合図する次は君だよ

縄文の火踊りを舞う若きらは燃え立つごとし赤き光に

刺股が標準装備になっている新築校舎も三年目に入る

勘違いさせないためにストーカー敬語で距離とれと教養講座

スカートの長い短いを注意するその日タリバンに少女撃たれぬ

介護職に就きし教え子皆たばこ吸いおりその身癒さんがため

白梅が咲く卒業式を贈るためボイラー室は白梅保育器

＊

休日にズボン四本洗濯す疲れた干物が並ぶ物干し

どの階か子の泣き声の聞こえ来て独り身の部屋に生気が通う

すれ違う風に微かな煙草の香同僚も小さな主張を持てり

就活をハローワークで始めれば送り出し来し子ら偲ばれる

岩手県の高校の国語教師として長く勤めてこられた菊池さんにとって、学校は大きな場面であり、テーマである。歌はもちろん多様だが、生徒たちとともに過ごす幸せをまず感じさせる先生の歌、学校の歌に久々に出会った気がするのは私だけだろうか。

一首目は、わかる問題から一心にテストを解き始める生徒たちの様子を「子ねずみがカリカリ食む」と表現する。そのうち鉛筆を持つ手も止まってくるから「開始の十分間」、そんなユーモアにも生徒たちへの愛情が滲んでいる。二首目は「かりん」の全国大会で最高得点になった歌だ。歌集を読むと菊池さんがいつも生徒と心を通わせようとしていることがわかるが、その中でもこの歌はことに印象的だ。難聴の生徒のひたむきさとそれに応えようとする作者、教室に行き交う信頼のあることが明るく、読者の喜びにもなる。ここでも「目を見てる目で合図する」という繰り返しがリズムを作っていることや会話調の温かさが特長的だ。人間的であることの喜びを感じさせる内容と表現の的確さ、フレーズの明るさをもって、誰の心にもすっと入ってくるのが菊池さんの歌だと思う。三首目は東北のエネルギーを若者が燃やし続けてくれることを願う思いだろう。

もちろん、菊池さんの現場も現代の学校教育のさまざまな問題と無縁ではない。侵入者に備えて「刺股が標準装備」だという四首目、五首目では「ストーカー」に「距離」をとるために敬語がある、というのに歎息した。六首目は女子に教育は不要だとするタリバンに撃たれた少女マララさんと学校現場の日常を対比させつつ、自由に学べ、教えられるということの幸いに私たちは応えているのか、そう菊池さんは問うている。七首目も心に残る歌で、介護職の厳しさとそれに従事している教え子を思いやる。安っぽくなりがちな〈癒す〉の一語が、ここでは確かなリアリティーをもって温かく悲しく響いているのに注目した。歌集には卒業式の歌も多いが、その日のためにボイラー室で白梅を咲かせるという八首目、何ともよい香りのする懐かしさだ。

九首目以降は、職業に関わって作者の側にポイントがある歌。広大な岩手県ゆえ作者の単身赴任生活も長かったようだが、九首目はユーモラスだし、十首目は人間好きの作者らしい寂しさの表現である。十一首目にも十二首目にも、それぞれの濃淡をもってこまやかに優しく他者に向かう心がある。

「マッチ箱」使ったこともない世代津波が流す車を例える
辛うじて立ちて残りし建物にねぎらいもなく赤色の×
薄暗く棚ガラガラのコンビニは酸素の薄き水槽に似て
「てんでんこ」避難の極意を老い語るその時離した手を慰めん
仮設住宅に従妹見舞えば会う人は皆ご近所らし声かけられる
行方不明だから夫は帰り来る従妹は今日も確認に行く

三ヶ月一緒にいれば家族となり「行ってきます」も「ただいま」も言うと
空襲に遭いて生き来し老い笑みて「今はいい。助けあうもの。」と
ボックスに被爆線量測られる子は母を見て少しほほえむ
原発を認めるはみな過疎の村まず目の前の生選ぶゆえ
カランカラン釜石根浜に鐘鳴らす不明の子らよ聞きて帰れと
一切が流されたから一切が元祖とならん移動スーパー

二〇一一年の東日本大震災では菊池さん自身に大きな被害はなかったようだが、作品を見ると、親族や教え子が被災し、犠牲になった方もあったことが知られる。歌集の一つの山場をなしている作品群である。

一首目、若い世代は「マッチ箱」とは縁遠いはずだが、それでも津波の前にあまりにもあっけなく小さく無力であった車を例えるにはそれしかなかったのだ。非常時、言葉を奪われるような感覚が伝わる。この一首目を含め、三首目まではいつもの日常から引き剥がされた情景、日常を構成していた車や建物、あらゆるモノが一瞬にして変質する感覚が表わされている。四首目以降は、震災以降に作者が出会った人々、見聞きした場面や言葉を思う歌で、作者の共感

力の高さ、他者の痛みをこまやかに想像できる資質がよく見える。四首目は、津波から命を守るために「てんでんこ」がいかに大切かを、体験者として語っている老人を詠う。だが、大切な人を離したその手はどんなに痛かったか、そして今も痛く、悲しいことだろう、と作者は感じないわけにはいかないのだ。「その時離した手を慰めん」というフレーズが忘れがたい。次には夫が行方不明になった従妹を見舞った時の歌が続くが、あえて重々しくなるのを避けて事実に語らせた文体に、かえって従妹や避難所の人々の心情が思われる。たとえば五、七、八首目のような場面があれば、部外者は安っぽく〈絆〉を強調するかもしれないが、菊池さんがそこに見ているのは長い避難生活の間にそれぞれの痛みを分け合って「助け合」う人々の健気さであり、悲しみなのではないか。そして、そういう眼差しは同時に、線量を測られる少女が母に向けたかすかな微笑みを見逃さない。同性であるがゆえに不安を隠せない母親と、その母に大丈夫だと笑ってみせる娘の気遣い。男性は普通なかなか捉えない場面なのではないか。十一首に詠まれた「釜石根浜」は作者の初任地だという。悲しい心情が思われる。

どの歌にも端的で鮮明な場面があり、一首一首が、人間とはどういうものなのか、という大きな問いに応えようとしており、それは人間を信頼したいと思う意志とともにある。

「おーい」「おーい」誰がいねが缶蹴りの鬼この村さ帰ってきたぞお
旗取りの大将となり遊びける友は限界の村に逝きたり
森つぶし新興住宅広がりぬ鳥瞰図まさに共同墓地なり
方言を駆逐していくテレビから可笑しく哀しく「じぇじぇじぇ」流れる
草刈り機高齢の親を起こすごと何度も何度も始動紐引く
戦えぬ年寄り農地荒廃の前線に立たす寄せる草波

地方が抱える問題への意識は、先の震災の歌に強く繋がっている。岩手で生まれ育ち、地元で教育に携わりつつ見てきた現実とさまざまな人生があるのだ。県内で何度か転居した作者が生まれ育った土地に帰って「おーい」と叫んでも、応えてくれる声はない。多くの友は土地を離れ、あるいはすでに亡くなっているのだ。おそらく故里を出ることのなかった「旗取りの大将」は「限界の村」で何を見、何を考えてその一生を終えていったのかと作者は思う。一方、時代の要請に応えようとしてそれまであった森を潰して出来た「新興住宅地」の行きつく先はどこか、流行として消費されてゆく方言とは何か、とも考える。作者は客観的な視点を保ちながら、現実に寄り添い、それぞれの側に残される痛みを記録し記憶しようとするのである。五、六首目は草刈りが好きだった父に変わって草刈りをする場面である。草刈り機を始動させようとしながらすぐには上手くゆかず、やっと始動した草刈り機がうなりを上げて刈ってゆくのは、父を含めて沢山の老人たちが耕作を諦めた田畑、広大な草地である。きな臭い時代、戦争に駆り出されることのない老人は「農地荒廃の前線」へ―。アイロニーが誇張に響かない現代がある。

単身赴任決まりしあとに妻の選ぶ食器はどれも大事な家族

生まれ出ずる男子はフニャーと第一声次の週にはフギャーと泣きぬ

妻と娘の会話に我も加えらる胎児の性別おとこと判り

大合唱のソリストとなり歌う吾子小さくも見え大きくも見え

「わかる」「はい」「では誰」「はい」とわからない母の目に涙がにじむ

義父義母の面倒をみるという大決断妻がしている息子ではなく

命なら黒パン一つより軽しシベリア抑留を父生き延びし
腹一杯食べるが供養と語られる農に生き来し伯父の葬儀に

子育てののち考古学を学び、エジプトの発掘調査にも行ったという行動派の妻のほか、家族の歌も微笑ましく温かい。また、父や伯父の生きた時代への誠実な眼差しも印象的だが、もう紙幅がない。

ここではいくつかの主題に絞って歌をあげたが、そうした分類から離れた一首一首にも見所のある歌が多く、読者によってさまざまな歌が上げられるに違いない。あくまでも人間の現場と心に即して優しく深い眼差しを注ぐ作者、社会や歴史を批評的に見るバランス感覚にも優れた作者が、さらなる主題性と持続性をもって、人間と地域・風土を掘り下げてゆく世界を今から大いに期待している。

あとがき

「さあ、また新しい心で」

二〇一八年 五月、かりん40周年記念特集号が届いた。度肝を抜く530ページの大冊である。まず、ページをめくって飛び込んできたのが「さあ、また新しい心で」と呼びかける馬場あき子先生の巻頭言だ。その中の「歌歴を積んできた方々が自覚的に一つの段階を意識し、次のステージを目指す動きも顕著である。」の言葉に背中をどんと押された気がした。最後の「新しい心を持って作歌に向かっていこうではありませんか。」の呼びかけはさらに私を強く励ますものとなった。

幼い頃、両親が地域の人や知人を集めて短歌を愛好する会を作って楽しんでいた。今思えば驚くべき行動力である。年に一度は県内の著名な歌人を招いてご指導もいただいていた。農家の次男で満蒙開拓義勇兵として満州に渡り、シベリア抑留を生き延び帰ってきた父にはきっと文化的なものへの憧憬のようなものがあったのだろう。新聞の歌壇欄投稿から始まった作歌は母を巻き込み、近所の農家の方々も巻き込んで「ともしび短歌会」としてスタートし、以後、四〇年近く続くことになった。それを見て過ごした私は『小学六年生』だったかで「日が暮れて一人で留守番寂しいよ電気の陰がお化けに見えた」で賞に入った記憶がある。これを歌歴のスタートとすると歌歴五五年の超ベテランとなるが以降、私は高校国語教師という短歌を教える仕事に就いたもののそれ以上の関わりはない生活をしてきていた。その私に短歌に関わる転機が訪れた。

I　父のともしび短歌会が閉じられ、父の短歌活動は馬場先生が選者をなさっている地方紙の岩手日報の短歌欄への投稿中心になっていた。それに誘われるように私も投稿を始め、私の短歌生活がスタートすることになった。それ以後、父は毎回のように採っていただき、私は年十数回程度の入選だったが、二人で入選すると「親子鷹だね」と弟からお祝いのメールが来たりなどした。父が亡くなる直前に投稿した歌と私が父のことを詠んだ歌とを並べて採っていただいたことは今も深く心に残っている。

岩手日報「文芸短歌」入選歌の思い出の一首を挙げておく。

誰一人欠席のない教室に満開となる桜見ている

投稿を重ね、選にも多く入るようになって二〇〇七年のＮＨＫ全国短歌大

会では米川千嘉子選で

何もある100円ショップは何もない自分を100円色に染めゆく

の歌が特選に選ばれた。これで短歌結社に入って、もっと本格的に短歌を作りたいという思いが一気に強まった。この頃、小高賢さんの『現代短歌作法』に出会ったのも大きい。小高さんは「結社に入ることが短歌上達の早道」と言い、その理由を「1締め切りがある。2選歌をしてもらえる。3歌会がある。」の三つを挙げていた。迷ったのは「選歌」方法である。全部見たのではないが、多くはお気に入りの歌人に送ってみてもらう方式だった。それがもしミスマッチだと最悪の場合は芽が出ないままで終わることもあるのではないかという心配があった。しかし、逆に特別な傾向がなく選歌をする人が定まっていないと自分のスタイルが定まらないのではないかという心配もあった。また歌会はどの結社にも当然あるが、毎回参加するには身近なところで毎月開かれているのがいい。それらの条件をクリアしたのが「かりん」だった。選歌は馬場先生が必ず目を通してくださるといい、かりん岩手の会が毎月歌会を開いていた。

このⅠには二〇〇七年以前の歌をまとめて載せた。

Ⅱ　二〇〇八年、第30回かりん全国大会は宮城県の秋保温泉で開催されるとあって、参加申し込みをして詠草も送っていた。が、岩手県の高校の七月下旬は夏季課外の真っ最中である。なんとか二日目だけ日帰りで参加したところ、なんと、最高得点賞に選ばれていたのだった。それが

難聴の生徒はいつも目を見てる目で合図する次は君だよ

である。その時のかりんの方々の印象は未だに鮮明である。初めてお目にかかるにも関わらず、旧知の友人に会ったような雰囲気である。笑顔で声を掛けてくれる。また、私の歌を多くの方が選んでくれたというのも感激だった。以来、静岡・焼津の大会では畏れ多くも小高賢さんと相部屋になったり、活躍中の有力歌人の皆さんが、にこやかに声をかけてくださり、かりん全国大会に行けば誰とでも歌仲間同士の雰囲気を味わうことになった。

Ⅱ以降はⅣを除いて編年体でまとめている。Ⅳは主題中心にまとめている。即ち東日本大震災を主題とした章である。年代は　Ⅱ二〇〇八～〇九　Ⅲ二〇一〇～一一　Ⅳ二〇一一　Ⅴ二〇一二～一三　Ⅵ二〇一四～一五　Ⅶ二〇一六～一七である。

「(編年体で歌を並べていくと）歌集はきわめて甘い誘惑を働きかける…完

成へと向かう個人史をささやき続ける…作者のために奉仕し続ける作中の〈私〉という倒立現象がそこではおこる」（佐佐木幸綱・『作歌の現場』）と佐佐木幸綱は危惧していたが、そのことは心にとめて編集した。初参加の全国大会で最高得点賞に選ばれた私の「完成へと向かう」道は編年体という方式の心配とは別のところにあると考えている。

最後になったが、今回の出版に際し、馬場あき子先生に図々しくも帯文をお願いしたところ、快くお引き受けいただいた。米川千嘉子さんには多忙を極める日程を割いて拙い歌稿を丁寧に読み、温かくご指導ご助言いただいた。感謝以外の言葉は見当たらない。大仰な言い方ではあるが、この御恩に報いるべく「また、新しい心で」作歌に励んでいきたい。そして編集を担当してくださったブイツーソリューション編集スタッフの皆さん、皆さんがいなかったらこの本は出来上がらなかった。心より御礼申し上げたい。ありがとうございました。

あとがきに代えて

二〇二〇年一月

菊池　陽

著者略歴

1952 年(昭和 27 年) 3 月 11 日　岩手県江刺市梁川（現奥州市江刺梁川）に生まれる。

1974 年(昭和 49 年) 岩手県の高校国語科教員となる。

2007 年(平成 19 年) ＮＨＫ全国短歌大会において米川千嘉子選にて特選受賞。

2008 年(平成 20 年) かりん入会。

同年、第 30 回かりん全国大会にて最高得点賞受賞。

2014 年(平成 26 年)『変わらない空』（辻本勇夫編・講談社発行）に震災詠収録。

かりん叢書第361篇

歌集「次は君だよ」

二〇二〇年（令和二年）二月二日　初版発行
著　者　菊池　陽（きくち・よう）
〒〇二四-〇〇三二　岩手県北上市川岸一丁目二一-三三-九〇三
ポレスターステーションシティ北上
発行所　ブイツーソリューション
〒四六六-〇八四八　名古屋市昭和区長戸町四-四〇
電　話　〇五二-七九九-七三九一
ＦＡＸ　〇五二-七九九-七九八四
発売元　星雲社（共同出版社・流通責任出版社）
〒一一二-〇〇〇五　東京都文京区水道一-三-三〇
電　話　〇三-三八六八-三二七五
ＦＡＸ　〇三-三八六八-六五八八
印刷所　シナノパブリッシングプレス
ISBN 978-4-434-27078-9